Jeanne Dethise - Marcel Marlier

Pic-Pique le hérisson

casterman

Pic-Pique est un hérisson aimable et courageux.
Il habite dans un trou sous un bel arbre
dans une immense forêt.

Sous le même arbre, il y a aussi le terrier
des Belzoreilles, deux lapins bruns.
Le chien du garde-chasse, Jojo la Terreur,
cherche souvent à les attraper.

Mais Pic-Pique, n'écoutant que son courage,
se met alors en boule devant la maison de ses amis.
Ouille ! Jojo se retire toujours, le nez plein de picots.
C'est ainsi qu'à chaque fois, les Belzoreilles sont sauvés !

Aujourd'hui, Pic-Pique a décidé d'aller chercher
des pommes dans les vergers voisins.

En chemin, tout le monde le salue : « Petit hérisson, tout

trottinant, nos compliments », disent les biches gentiment.

La forêt est calme. Deux écureuils se promènent main
dans la main. Pic-Pique ne les connaît pas. « Chouette,
de futurs copains, je vais aller leur dire bonjour », se dit-il.
Soudain, Jojo la terreur arrive en aboyant fortement.

Tout le monde s'enfuit sauf un des deux écureuils.
Pic-Pique, toujours prêt-à-porter secours, le prend
doucement entre ses pattes et fait le gros dos.

– Merci, Monsieur. J'ai eu très peur. Je m'appelle
Casse-Noisette.
– Moi c'est Pic-Pique. Mais pourquoi
n'as-tu pas fui comme les autres ?

– Je ne vois pas très clair. Nous nous rendions justement chez Toubib pour me faire soigner. C'est un très bon médecin.

– Merci, Monsieur Pic-Pique. Vous avez sauvé mon frère. Si un jour vous avez besoin de notre aide…

Les 3 nouveaux amis se saluent chaleureusement.

Pic-Pique poursuit son chemin.

« Que de pommes ! Et, quelle chance, voilà aussi une jolie petite hérissonne ! » pense Pic-Pique en voyant le verger déjà habité.

– Bonjour, joyeux compagnon, je m'appelle Picotte et toi ?

Pic-Pique et Picotte visitent le domaine.
Mais soudain Pic-Pique tombe dans un trou caché
par les herbes. C'est un soupirail ! **Aïe, aïe, aïe !**

Picotte habituée à ce vieux cellier court auprès de son ami.

— Mon Dieu, qu'allons-nous faire ? Tu saignes
beaucoup du nez.

— Des copains m'ont parlé d'un M. Toubib.
Il faudrait leur demander de nous montrer le chemin.

– Gentil hérisson, que s'est-il passé ? Te voilà tout blessé !
s'exclament les deux écureuils.

– Ah mes amis, je suis tombé ! J'aurais besoin de votre aide.

– Toubib va te guérir, c'est assuré ! affirme Casse-Noisette
qui désormais voit parfaitement.

– Bonjour Casse-Noisette, tu m'amènes un nouveau client ?
dit Toubib en voyant le pauvre Pic-Pique.
Eh bien, ton nez est cassé. Je vais arranger ça.

Ainsi fut fait. Toubib soigna Pic-Pique durant plusieurs jours,
il lui fit même une nouvelle coiffure.
Picotte et les Casse-Noisette lui rendirent souvent visite.
Enfin il put rentrer chez lui.

– Les Casse-Noisette m'ont dit que les Belzoreilles
avaient eu 6 petits durant mon absence.

Je suis content de les voir.

Pic-Pique et Picotte trottinent rapidement jusqu'au terrier.

– Pic-Pique ! Quelle joie que tu sois là !

Pic-Pique raconte ses exploits. Monsieur et Madame

Belzoreilles présentent avec fierté leurs 6 enfants.

Chacun est heureux de se revoir ou de faire connaissance.

Maintenant Pic-Pique a hâte d'accueillir
Picotte dans sa maison…
– Vous êtes chez vous, Madame Picotte, dit le petit hérisson
en rougissant comme une de ses pommes.

21

Martine un personnage créés par Gilbert Delahaye et Marcel Marlier / Léaucour Création.

http://www.casterman.com
© 2010 Casterman.
D'après « Pic-Pique le hérisson » Jeanne Dethise.
Achevé d'imprimer en avril 2012, en Espagne. Dépôt légal : janvier 2010 ; D. 2010/0053/8.
Déposé au ministère de la Justice, Paris (loi n° 49.956 du 16 juillet 1949 sur les publications destinées à la jeunesse).
ISBN 978-2-203-02899-9
L.10EJCNCF0245.C003